Roméo et Juliette

FichesdeLecture.com

Roméo et Juliette (Fiche de lecture)

I. INTRODUCTION

Cette tragédie de William Shakespeare a été écrite dans la première moitié des années 1590. Les personnages de Roméo et Juliette ne sortent pas directement de l'imagination du dramaturge anglais, mais sont d'abord apparus dans une nouvelle de Luigi da Porta (1485-1529), elle-même inspirée d'autres auteurs (dont Masuccio de Salerne). Mais c'est la pièce de Shakespeare qui a donné à Roméo et Juliette leur dimension universelle. Aujourd'hui encore, la postérité des deux amants est riche d'œuvres en tous genres (livres, cinéma…) et imprègne encore l'imaginaire collectif.

II. RÉSUMÉ DE LA PIÈCE

Prologue

Le Chœur, dans le prologue de la pièce, nous livre en quatorze lignes la description de deux familles nobles (appelées « maisons ») dans la ville de Vérone. Déchirées par de très « anciennes querelles », les Montaigu et les Capulet se livrent à des conflits sanglants et sont la source d'une violence permanente. C'est dans ce contexte que naissent Roméo Montaigu et Juliette Capulet, et c'est l'histoire de ces deux amants sur fond de luttes terribles qui va nous être contée.

Ce discours d'ouverture par le Chœur sert donc d'introduction, mais pas seulement. Il annonce en effet déjà ce qu'il va se passer. Les deux jeunes gens sont nés littéralement « contre » les astres, c'est-à-dire en conflit avec le destin qui leur est déjà tracé.

Acte I

L'action se passe à Vérone où, depuis des décennies, les Montaigu et les Capulet s'affrontent sans que l'on sache vraiment pourquoi, au grand dam du Prince Escalus. Roméo, fils héritier des Montaigu, est **amoureux de la belle Rosaline,** ce qui provoque des remarques facétieuses de ses amis Benvolio et Mercutio. Un jour qu'il est au désespoir, ces deux derniers l'emmènent masqué à une **fête donnée par la famille Capulet** (la famille rivale de la sienne) en l'honneur de Juliette et de sa possible rencontre avec le Comte Pâris ; Rosaline y sera : Roméo accepte donc. Une fois à la fête, il aperçoit Juliette et est frappé par sa beauté. Il tombe instantanément amoureux d'elle. Le **coup de foudre** est réciproque ; mais après s'être embrassés à deux reprises, ils découvrent leurs identités respectives et comprennent accablés qu'ils sont tombés **amoureux de leur pire ennemi.**

Acte II

Une fois la nuit tombée, Roméo s'introduit dans le **jardin des Capulet,** et attend que Juliette apparaisse à sa fenêtre pour lui déclarer son amour. Juliette, pensant d'abord être seule, avoue aussi ses sentiments. Puis, réunis, ils échangent **des déclarations passionnées.** Fou amoureux, Roméo demande conseil dès le lendemain à son confesseur, Frère Laurent. Si ce dernier est d'abord incrédule et déplore l'inconstance du jeune Roméo, il promet cependant de lui venir en aide et entrevoit à travers leur mariage une possibilité de paix entre les deux familles. Roméo, par l'entremise de la nourrice de Juliette, lui fait demander qu'elle se présente à confesse le jour suivant auprès de Frère Laurent. Ce sera en fait un prétexte **pour célébrer secrètement leur mariage.**

Acte III

Désormais, Roméo et Juliette sont mariés. **Tybalt, le cousin de Juliette, provoque Roméo en duel.** Mais Roméo refuse de se battre avec lui ; son ami **Mercutio** prend alors sa place et est grièvement blessé. **Il meurt en maudissant les deux familles.** Pour venger la mort de son ami, Roméo tue Tybalt et est banni par le Prince. Il doit alors s'**exiler** hors de Vérone. Dévastée par cette nouvelle, Juliette parvient à passer la nuit avec Roméo avant qu'il ne quitte la ville pour s'exiler à Mantoue. Mais son père, inquiet du chagrin de Juliette, a décidé d'avancer son mariage avec le comte Pâris. Il est désormais prévu pour le lendemain. Juliette s'y refuse et s'oppose à la décision de son père, provoquant la colère de ses parents. Elle sera reniée si elle ne se plie pas à leur décision. Perdue, elle se rend chez Frère Laurent pour lui demander son aide.

Acte IV

Le Frère Laurent lui propose de boire **une potion qui la fera passer pour morte.** Ainsi, elle sera déposée dans le caveau des Capulet où Roméo, prévenu du stratagème par une lettre, pourra venir la délivrer. Juliette accepte et met le plan à exécution. Elle boit le philtre et est découverte inanimée par sa nourrice le lendemain matin. Les obsèques se déroulent alors selon le plan prévu par le Frère Laurent. Toute la famille pleure la mort de la jeune femme.

Acte V

Une épidémie de peste **empêche le messager** du Frère Laurent de transmettre la lettre à Roméo. Celui-ci apprend entre-temps la mort de Juliette par la visite de Balthasar, son serviteur. Il n'a qu'une hâte : revenir à Vérone, **résolu à s'empoisonner sur la tombe de sa bien-aimée.** Arrivé sur les lieux, il rencontre Pâris venu apporter des fleurs. Ce dernier le provoque, mais Roméo **le tue** en duel. Entré dans la crypte, il admire une dernière fois Juliette, l'embrasse puis boit une fiole de poison et **meurt le long de son corps.** Frère Laurent survient et est horrifié devant les corps de Pâris et de Roméo. Juliette se réveille alors et refuse de se réfugier au couvent comme il le lui conseille. Elle donne un dernier baiser à Roméo et **se tue avec son poignard.**

Le Prince, les Capulet et le père de la famille Montaigu (sa femme est morte de chagrin pendant la nuit) se rendent au cimetière. C'est là que Frère Laurent leur raconte toute l'histoire des deux jeunes amants. Les pères accablés regrettent leur haine et **se réconcilient sur la tombe de leurs enfants, promettant de leur faire édifier une statue d'or pur.**

III. ANALYSE DES RINCIPAUX PERSONNAGES

Roméo

Le prénom Roméo est devenu, dans la culture populaire, un **synonyme d'amant transi.** En effet, dans l'œuvre de Shakespeare, il fait l'expérience d'un amour d'une telle **pureté** qu'il le mène à sa mort lorsqu'il pense à tort que l'objet de sa passion, Juliette, est morte. Toutefois, le pouvoir de cet amour l'aveugle parfois en occultant sa capacité à voir clairement les choses. Roméo est cependant, derrière cette apparence d'amoureux transi, un personnage **beaucoup plus complexe.**

Même sa relation à l'amour ne peut pas être simplifiée. Au début de la pièce, Roméo est amoureux de Rosaline, la proclamant son idéal de femme et se désespérant de son indifférence envers lui. Il essaie souvent de **recréer les sentiments qu'il a lus dans les livres.** D'ailleurs, lorsqu'il embrasse Juliette pour la première fois, elle lui déclare *"you kiss by the book"* (tu embrasses selon les règles), ce qui signifie un certain manque d'originalité dans ses baisers. Mais l'amour qu'il éprouve pour Juliette est **bien plus profond, plus authentique et unique** que le cliché qui caractérisait son attachement à Rosaline. Tout au long de la pièce, cet amour grandit vers une passion profonde et intense. Il faut d'ailleurs attribuer à Juliette cette progression du personnage **vers une plus grande maturité.**

Pourtant, force est de constater que Roméo n'a **aucun don pour la modération.** L'amour le fait se faufiler dans le jardin de la femme qu'il aime, autrement dit en plein « territoire ennemi « ; et sa colère le pousse à tuer le cousin de Juliette lors d'un duel sans merci pour venger son meilleur ami. Enfin, c'est le désespoir qui le pousse au suicide. Roméo est donc un **personnage extrême,** ce qui renforce le côté tragique de la pièce.

Entouré de ses amis, et en particulier lorsqu'il badine avec son ami Mercutio, Roméo révèle un peu de sa personnalité en société : il est **intelligent, vif d'esprit** (on le voit à son sens de la répartie) et il aime les joutes verbales, y compris lorsque celles-ci portent sur le sexe. De plus, il n'a pas peur du danger.

Juliette

À peine âgée de quatorze ans, Juliette est à un **âge frontière entre la maturité et l'immaturité.** Au début de la pièce, elle semble encore obéissante, naïve et protégée. Bien que la plupart des filles de son âge se marient, Juliette n'a même pas réfléchi à cette éventualité. Lorsque sa mère, Lady Capulet, mentionne cette possibilité, Juliette répond en toute franchise qu'elle va essayer de voir si elle peut aimer celui qu'on lui propose (Pâris), ce qui est une réponse plutôt puérile et naïve en matière d'amour. Elle ne semble pas avoir beaucoup d'amis de son âge et n'est pas à l'aise lorsque les gens parlent de sexe autour d'elle (on peut mentionner à cet égard le malaise qu'elle éprouve dans l'Acte I, scène 3, au contact de la nourrice).

Juliette donne un aperçu de sa **détermination, sa force et sa sobriété d'esprit** très rapidement, dans les premières scènes. Puis se dessine rapidement une vision de la femme qu'elle deviendra au cours des jours qui l'uniront à Roméo. Alors que Lady Capulet s'avère incapable de calmer sa nourrice, Juliette parvient d'un mot à le faire. De plus, on sent déjà une détermination de fer en elle, puisqu'elle démontre son dévouement en essayant d'aimer Pâris pour satisfaire sa mère.

Sa première rencontre avec Roméo la propulse de force dans l'âge adulte. Bien qu'elle l'aime profondément, Juliette est capable de discernement et critique les décisions impulsives de Roméo et sa tendance à tout romancer. Après que Roméo ait tué Tybalt et soit banni, Juliette ne le suit pas aveuglément. Elle prend la décision de lui être loyale et de l'aimer de manière logique et sincère.

Ses **décisions la coupent définitivement de ses obligations sociales** vis-à-vis de sa famille, de sa position sociale et de Vérone. Lorsqu'elle se réveille sur son lit de mort et découvre le corps de Roméo, elle ne se suicide pas par faiblesse féminine, mais selon des sentiments amoureux intenses, comme Roméo l'a fait. Le suicide de Juliette, d'ailleurs, demande bien plus **de courage** que celui de Roméo : alors qu'il a avalé du poison, elle se poignarde elle-même le cœur avec une dague.

Frère Laurent

Ce personnage occupe une **position étrange** dans la pièce. C'est avant tout un dignitaire religieux qui aide de bon cœur Roméo et Juliette tout au long de l'intrigue. Il officie à leur mariage et est généralement de bon conseil, en particulier lorsqu'il prône la modération. Il incarne la seule **figure religieuse** de la pièce. Mais Frère Laurent est aussi le plus **prompt à l'intrigue** et le plus politique des personnages de la pièce. Ainsi, il marie les deux amants dans l'idée d'un plan plus vaste pour mettre fin à la guerre civile qui déchire la ville de Vérone à cause de la haine entre les deux familles. Et sa proposition de poison mystérieux qu'il délivre à Juliette relève plus d'une connaissance mystique, voire sectaire, que ce que l'on pourrait attendre d'un religieux. Beaucoup de questions à son sujet restent donc sans réponse même si, toutefois, **ses plans sont bien intentionnés et bien conçus.** Ils agissent d'ailleurs comme les principaux mécanismes par lesquels le tragique de la pièce de théâtre prend place.

Mercutio

Mercutio, ami de Roméo, fait preuve d'une vivacité d'esprit et d'ingéniosité tout au long de la pièce, et ce, jusqu'à sa mort. Jeux de mots, boutades, taquineries ; avec plaisir à certains moments et amertume à d'autres, Mercutio s'attaque aux sentiments romantiques aveugles qui occupent une grande partie de la pièce. Virtuose du langage, le personnage est donc essentiel à l'ouvrage. Mais ce n'est pas un bouffon : il a le sens de l'honneur, comme on le voit face à Tybalt. Il s'éloigne même du destin tragique "classique" puisque, **contrairement aux autres personnages qui blâment le sort pour leur mort, Mercutio s'attaque directement aux Montaigu et aux Capulet. Il estime, et c'est là son originalité dans la pièce, que certaines personnes sont responsables de sa mort, plutôt qu'une force extérieure impersonnelle et obscure.**

Benvolio (étymologie = qui veut le bien)

Cousin et ami de Roméo, il joue deux rôles distincts. Celui de **confident** d'abord, puisqu'il se révèle être un ami sincère et loyal. Mais aussi celui de **pacifiste,** auprès de domestiques qui se battent d'abord, puis à travers son silence face à Tybalt qui le provoque : « Je ne fais que maintenir la paix/ Rentre ton épée, ou manie-la pour séparer ces gens ».

Tybalt

Neveu des Capulet, il n'intervient qu'à trois reprises dans la pièce ; mais chacune de ses interventions est lourde de conséquences. Il est l'un des personnages les plus **violents et haineux.** Mercutio dit de lui qu'il est le « Prince des chats ». Il cherche l'affrontement, le provoque par tous les moyens. Malgré son peu de présence sur scène, c'est sa mort qui fait basculer la pièce.

IV. AXES DE LECTURE

La force de l'amour

Roméo et Juliette est la plus célèbre des histoires d'amour de l'ensemble de la littérature anglaise. L'amour est en effet le thème dominant et le plus important de la pièce. Celle-ci se concentre en effet sur l'amour romantique, l'intense passion qui se déclare dès le premier regard entre Roméo et Juliette. Dans la pièce, l'amour est violent, extatique, telle une force surpuissante qui transcende toutes les autres valeurs, liens de loyauté et sentiments. Au fur et à mesure que la pièce se déroule, les jeunes amants sont comme poussés à défier l'ensemble de leur ancrage social : familles (« *deny thy father and refuse thy name* » (*refuse ton père et refuse ton nom*)/ « *and I'll no longer be a Capulet* » (*je ne serai plus une Capulet*)...), amis et lois, puisque Roméo revient à Vérone malgré sa condamnation. L'amour dans *Roméo et Juliette* est loin de la poésie mièvre lue par Roméo dans les débuts de la pièce. Il est violence, émotion pure et brutale qui capture les individus et les dresse contre leur propre univers et parfois même, contre eux-mêmes.

La puissante nature de l'amour peut d'ailleurs être vue à la manière dont il est décrit. En particulier, on le voit lors des quatorze vers qui constituent le premier dialogue entre Roméo et Juliette, puisqu'ils utilisent des termes religieux. À d'autres endroits, c'est le champ lexical de la magie qui est utilisé. C'est donc un amour chaotique et passionnel qui ne peut être décrit par une seule métaphore. Shakespeare l'a décliné dans de nombreuses nuances.

L'amour comme source de violence

Les thèmes de la violence et de la mort imprègnent l'ensemble de la pièce, et ce, dès le Prologue. L'interconnexion avec la passion est présente à chaque instant. C'est ce lien indissociable entre amour aveuglant et sans concessions qui mène d'ailleurs au double suicide de la fin de la pièce.

L'individu contre la société

Roméo et Juliette, au-delà de leur propre tragédie, symbolisent une lutte contre les institutions sociales et familiales qui, explicitement ou non, s'opposent à leur amour. Il peut s'agir de la loi, des parents, des amis, de la religion ou bien encore des exigences qui découlent du maintien de l'ordre public. Ces institutions sont souvent en conflit les unes avec les autres. L'importance de l'honneur, par exemple, vient souvent troubler la paix publique. Roméo et Juliette sont confrontés à plusieurs obstacles de cette nature : structure familiale (notamment la haine entre leurs deux familles), structure patriarcale de pouvoir (le Père contrôle l'ensemble de la famille), la religion même, qui voudrait plus de modération de la part des deux jeunes gens, et qui condamne le suicide en tant que tel (ils sont donc doublement fautifs).

La fatalité

Dès le Prologue, on comprend à travers les paroles du Chœur que la pièce va être marquée par l'inéluctabilité du destin. Roméo a beau défier « les astres », l'amour entre les deux jeunes gens est voué à un destin funeste. De nombreux éléments contribuent à renforcer cette fatalité qui les entoure, à commencer par la haine ancienne entre les deux clans, qui ne nous est jamais expliquée et que le lecteur doit donc accepter comme une sorte d'aspect indéniable de l'ordre du monde. Cette impression est complétée par des effets d'annonce, des rêves prémonitoires (au début de l'Acte V), des pressentiments (« *Par quelque vil arrêt de mort prématurée* »)…

Les évènements n'apparaissent plus comme décousus ou fortuits, mais comme les pièces d'un véritable puzzle qui ne peut mener qu'à la mort des héros. Mort qui, soit dit en passant, apparaît à la fois comme la seule solution envisageable et comme rédemptrice et sublimation de l'amour.

Dans la même collection en numérique

Les Misérables

Le messager d'Athènes

Candide

L'Etranger

Rhinocéros

Antigone

Le père Goriot

La Peste

Balzac et la petite tailleuse chinoise

Le Roi Arthur

L'Avare

Pierre et Jean

L'Homme qui a séduit le soleil

Alcools

L'Affaire Caïus

La gloire de mon père

L'Ordinatueur

Le médecin malgré lui

La rivière à l'envers - Tomek

Le Journal d'Anne Frank

Le monde perdu

Le royaume de Kensuké

Un Sac De Billes

Baby-sitter blues

Le fantôme de maître Guillemin

Trois contes

Kamo, l'agence Babel

Le Garçon en pyjama rayé

Les Contemplations

Escadrille 80

Inconnu à cette adresse

La controverse de Valladolid

Les Vilains petits canards

Une partie de campagne

Cahier d'un retour au pays natal

Dora Bruder

L'Enfant et la rivière

Moderato Cantabile

Alice au pays des merveilles

Le faucon déniché

Une vie

Chronique des Indiens Guayaki

Je voudrais que quelqu'un m'attende quelque part

La nuit de Valognes

Œdipe

Disparition Programmée

Education européenne

L'auberge rouge

L'Illiade

Le voyage de Monsieur Perrichon

Lucrèce Borgia

Paul et Virginie

Ursule Mirouët

Discours sur les fondements de l'inégalité

L'adversaire

La petite Fadette

La prochaine fois

Le blé en herbe

Le Mystère de la Chambre Jaune

Les Hauts des Hurlevent

Les perses

Mondo et autres histoires

Vingt mille lieues sous les mers

99 francs

Arria Marcella

Chante Luna

Emile, ou de l'éducation
Histoires extraordinaires
L'homme invisible
La bibliothécaire
La cicatrice
La croix des pauvres
La fille du capitaine
Le Crime de l'Orient-Express
Le Faucon malté
Le hussard sur le toit
Le Livre dont vous êtes la victime
Les cinq écus de Bretagne
No pasarán, le jeu
Quand j'avais cinq ans je m'ai tué
Si tu veux être mon amie
Tristan et Iseult
Une bouteille dans la mer de Gaza
Cent ans de solitude
Contes à l'envers
Contes et nouvelles en vers
Dalva
Jean de Florette
L'homme qui voulait être heureux
L'île mystérieuse
La Dame aux camélias
La petite sirène
La planète des singes
La Religieuse
1984 A l'Ouest rien de nouveau
Aliocha
Andromaque
Au bonheur des dames
Bel ami
Bérénice
Caligula
Cannibale
Carmen

Chronique d'une mort annoncée
Contes des frères Grimm
Cyrano de Bergerac
Des souris et des hommes
Deux ans de vacances
Dom Juan
Electre
En attendant Godot
Enfance
Eugénie Grandet
Fahrenheit 451
Fin de partie
Frankenstein
Gargantua
Germinal
Hamlet
Horace
Huis Clos
Jacques le fataliste
Jane Eyre
Knock
L'homme qui rit
La Bête humaine
La Cantatrice Chauve
La chartreuse de Parme
La cousine Bette
La Curée
La Farce de Maitre Pathelin
La ferme des animaux
La guerre de Troie n'aura pas lieu
La leçon
La Machine Infernale
La métamorphose
La mort du roi Tsongor
La nuit des temps
La nuit du renard
La Parure

La peau de chagrin
La Petite Fille de Monsieur Linh
La Photo qui tue
La Plage d'Ostende
La princesse de Clèves
La promesse de l'aube
La Vénus d'Ille
La vie devant soi
L'alchimiste
L'Amant
L'Ami retrouvé
L'appel de la forêt
L'assassin habite au 21
L'assommoir
L'attentat
L'attrape-coeurs
Le Bal
Le Barbier de Séville
Le Bourgeois Gentilhomme
Le Capitaine Fracasse
Le chat noir
Le chien des Baskerville
Le Cid
Le Colonel Chabert
Le Comte de Monte-Cristo
Le dernier jour d'un condamné
Le diable au corps
Le Grand Meaulnes
Le Grand Troupeau
Le Horla
Le jeu de l'amour et du hasard
Le Joueur d'échecs
Le Lion
Le liseur
Le malade imaginaire
Le Mariage de Figaro
Le meilleur des mondes

Le Monde comme il va

Le Parfum

Le Passeur

Le Petit Prince

Le pianiste

Le Prince

Le Roman de la momie

Le Roman de Renart

Le Rouge et le Noir

Le Soleil des Scortas

Le Tartuffe

Le vieux qui lisait des romans d'amour

L'Ecole des Femmes

L'Ecume Des Jours

Les Bonnes

Les Caprices de Marianne

Les cerfs-volants de Kaboul

Les contes de la Bécasse

Les dix petits nègres

Les femmes savantes

Les fourberies de Scapin

Les Justes

Les Lettres Persanes

Les liaisons dangereuses

Les Métamorphoses

Les Mouches

Les Trois mousquetaires

L'étrange cas du Dr Jekyll et de Mr Hyde

L'Ile Au Trésor

L'île des esclaves

L'illusion comique

L'Ingénu

L'Odyssée

L'Ombre du vent

Lorenzaccio

Madame Bovary

Manon Lescaut

Micromégas
Mon ami Frédéric
Mon bel oranger
Nana
Ne tirez pas sur l'oiseau moqueur
Notre-Dame de Paris
Oliver twist
On ne badine pas avec l'amour
Oscar et la dame rose
Pantagruel
Le Misanthrope
Perceval ou le conte du Graal
Phèdre
Ravage
Roméo et Juliette
Ruy Blas
Sa Majesté des Mouches
Si c'est un homme
Stupeur et tremblements
Supplément au voyage de Bougainville
Tanguy
Thérèse Desqueyroux
Thérèse Raquin
Ubu Roi
Un Barrage contre le Pacifique
Un long dimanche de fiançailles
Un secret
Vendredi ou la vie sauvage
Vipère au poing
Voyage au bout de la nuit
Voyage au centre de la terre
Yvain ou le Chevalier au lion
Zadig

À propos de la collection

La série FichesdeLecture.com offre des contenus éducatifs aux étudiants et aux professeurs tels que : des résumés, des analyses littéraires, des questionnaires et des commentaires sur la littérature moderne et classique. Nos documents sont prévus comme des compléments à la lecture des oeuvres originales et aide les étudiants à comprendre la littérature.

Fondé en 2001, notre site FichesdeLectures.com s'est développé très rapidement et propose désormais plus de 2500 documents directement téléchargeables en ligne, devenant ainsi le premier site d'analyses littéraires en ligne de langue française.

FichesdeLecture est partenaire du Ministère de l'Education du Luxembourg depuis 2009.

Plus d'informations sur www.fichesdelecture.com

ISBN: 978-2-511-02830-8

Notes :